AF204749

Ben in Berlin

Von Kathrin Kiesele und Jens Magersuppe
Illustriert von Raimo Bergt

 Audios online verfügbar unter go.cornelsen.de. **Code: dexuyo**

Ben in Berlin

Kathrin Kiesele und Jens Magersuppe
Mit Illustrationen von Raimo Bergt

Redaktion: Andrea Finster
Redaktionelle Mitarbeit: Kim-Duyen Le
Layout und technische Umsetzung: Klein & Halm Grafikdesign, Berlin
Umschlaggestaltung: Ungermeyer – grafische Angelegenheiten, Berlin

www.cornelsen.de

1. Auflage, 4. Druck 2025

© 2019 Cornelsen Verlag GmbH, Mecklenburgische Str. 53, 14197 Berlin,
E-Mail: service@cornelsen.de

H. Heenemann, Berlin

ISBN 978-3-06-521294-6
ISBN 978-3-06-120867-7 (E-Book)

PEFC-zertifiziert
Dieses Produkt
stammt aus
nachhaltig
bewirtschafteten
Wäldern
PEFC/04-31-1156   **www.pefc.de**

Inhalt

Orte der Handlung

1 Im Zug nach Berlin

 **Malte**
online

 Ben
online

19.06., 12:46

Bist du schon beim Fußballtraining?

Nein, ich bin im Zug.

WAAAAS? Du fährst jetzt schon zu deinem Gitarren-Workshop nach Berlin?

Ja, morgen ist doch der Ausflug zum Kennenlernen für alle.

Aber Mama hat gesagt, du darfst noch nicht fahren. Es ist doch noch Schule[1].

Rebecca hat noch einmal mit Mama gesprochen, und ich darf fahren. 😊 Ich möchte ja alle kennenlernen.

Na toll, unsere Schwester macht alles für dich! 😡

Freust du dich nicht für mich?

---

1 es ist noch Schule: Unterricht haben

Na ja … Doch. Klar freue ich mich. Aber morgen ist unser Fußballspiel, und das ist total wichtig!

Du bist unser Torwart. Wir brauchen dich!

Ja, das ist blöd². 😕 Ich habe mich auch auf das Fußballspiel gefreut, das kannst du mir glauben. Aber du weißt: Die Musik ist mir auch sehr wichtig.

Was sollen wir ohne dich machen?

Ihr könnt auch ohne mich gewinnen.

Okay, dann gute Fahrt! Und grüß unsere Schwester von mir.

2   blöd: nicht gut

2 Angekommen

 Ben
online

 Malte
online

20.06., 09:46

Guten Morgen aus Berlin! 😊 Rebecca hat mich gestern am Bahnhof abgeholt, und wir haben gleich eine kleine Stadttour gemacht. Das war echt cool!

Hast du Fotos?

Ja klar, hier:

Oooh, Rebecca vor dem Fernsehturm! Das ist ein schönes Foto, das muss ich gleich Mama zeigen.

Und das ist das Brandenburger Tor.

3 Hallo, hier ist Mama.

Mama
online

Rebecca
online

20.06., 09:55

Hallo Rebecca, ist Ben gut angekommen?

Ja, Mama. Und die Bahn war NICHT zu spät. 😊

Immer diese Witze! Du bist ja schon wie dein Bruder!

Welcher Bruder? Die zwei sehen ja gleich aus³.

Ha ha ha

Wir haben abends dann noch Cocktails getrunken. Das war sehr nett.

WIE BITTE???

3   gleich aussehen: genauso wie der andere sein

Ach so. 😄
Pass bitte gut auf Ben auf.

Ja klar!

Wir haben ja gesagt: Er kann bei dir
wohnen, aber wenn es Probleme gibt,
schläft er lieber in der Musikschule wie
die anderen Jugendlichen … Da passen
dann die Lehrer auf.

Ja, ich habe verstanden. Jetzt muss ich
aber zur Uni! Ciao, Mama.

4 Die WG

Ben
online

Malte
online

20.06., 20:32

Moin[4], Malte. Wie war es beim Fußball?

Gut! Daniel ist jetzt Torwart, und er ist sehr gut.

Daniel?? Sehr gut? Aber ich habe doch …

Ein Problem? 😉 Du super Torwart?

Nein, nein … aber Daniel? 😉

Ja, warum nicht. Aber sag mal: Wie ist es in Berlin? Wie ist es mit Rebecca?

Na ja, manchmal ist sie echt nett, und manchmal ist sie wie Mama. Dann soll ich kochen und putzen. ICH! 😠

4   Moin: norddeutsch für „Hallo"

Oha! Und wohnen immer noch alle in der Wohnung, also in so einer „WG"⁵?

Ja. Also Clara wohnt nicht mehr hier. Sie war schon ziemlich alt, 27 Jahre. Weißt du noch?

Hmmm, ich glaube ja! Sie war eigentlich ganz nett … Und jetzt? Wohnen immer noch nur Mädchen dort?

Ja, es ist eine „Frauen-WG". Es gibt zwei Neue: Meyra und Luna. Meyra studiert Architektur wie Rebecca, und Luna arbeitet im Krankenhaus.

Sind sie auch so alt?

---

5 WG: Abkürzung für „Wohngemeinschaft". Mehrere Menschen teilen eine Wohnung. Sie sind keine Familie, aber eine Wohnung ist billiger als viele Wohnungen für je eine Person. WGs sind sehr beliebt bei Studenten.

Nein, Meyra ist 20 und Luna 21. UND:
Luna hat eine kleine Schwester: Yvonne.
Aber alle sagen Ivy zu ihr. Sie ist 15 und
kommt oft in die WG. Denn sie hat
Probleme mit ihren Eltern, und dann
besucht sie uns. Ivy ist echt süß!

Ja, ja, mein Bruder und die Mädchen … 🙂

Ich schick dir mal ein Foto von der WG:

Und wo ist Ivy?

Ich habe leider noch kein Foto von ihr. 😢

5 Drei zu null

 **Malte**
online

 Ben
online

21.06., 19:12

BEN!! Wir haben heute das Fußballspiel gewonnen! 3:0!! Ist das nicht super?

3:0?? WOW!! Aber: Nicht 3:2 oder 3:1? Wirklich 3:0?

Ja!! Daniel ist ein super Torwart. Kein Tor für das andere Team.

Hmmm, ja … Glückwunsch! Daniel ist ja … sehr gut.

Genau, und … oh … Hast du ein Problem mit Daniel?

Ich? Nein.

Nein? 😊

Na ja … Ich war doch immer ein super Torwart. Und jetzt … jetzt ist er besser.

Aber du bist jetzt in Berlin. Das ist auch cool, oder? Ohne uns und Toni. 😞

Toni? Wie geht's ihm? Wie geht es meinem Lieblingshund?

Nicht so gut. Sein Freund ist in Berlin, weißt du?

Ha ha. 😋 Ja, ich weiß. Aber er frisst⁶, oder?

Ja, es ist es schon besser.

Ach so? Toni geht es schon besser, der Torwart ist besser – alles ist jetzt besser zu Hause. Das ist ja interessant.

Du hast doch ein Problem!

Nee, aber … ich muss jetzt zu Rebecca und den anderen. Die haben ein „WG-Treffen".
Sag Toni „Hallo" von mir.

Aber erzähl doch mal etwas von deinem Kennenlern-Ausflug!

6   fressen: Menschen essen, Tiere fressen.

Das mache ich morgen. Aber sieh mal, hier ist ein Foto von Ivy:

WOW!! Nicht schlecht!

6 Alles gut?

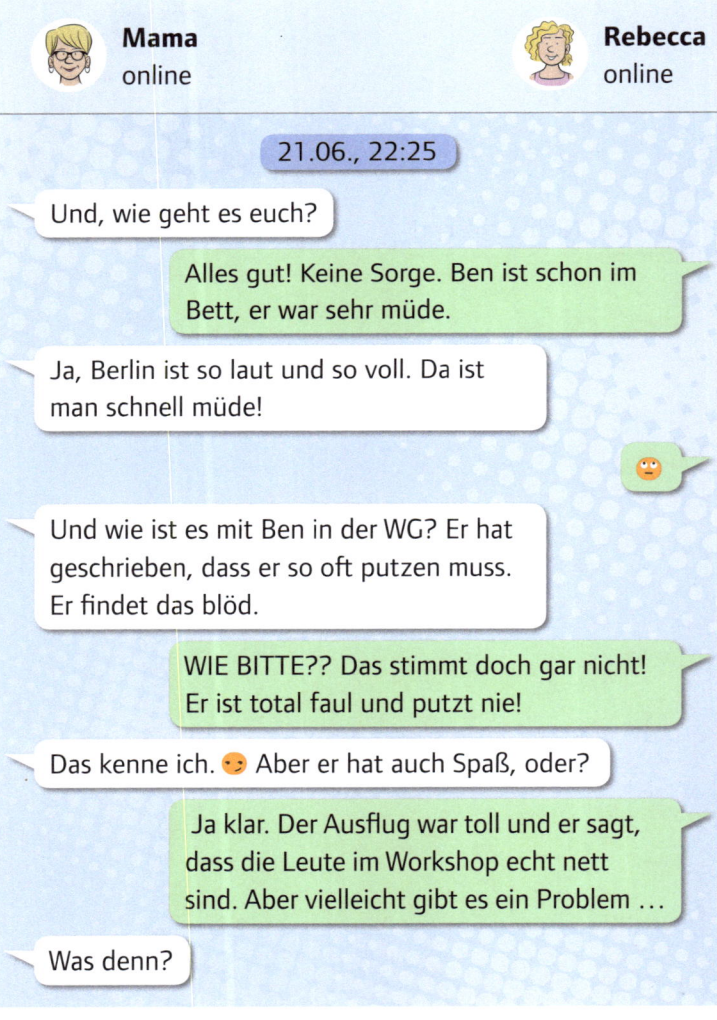

Mama
online

Rebecca
online

21.06., 22:25

Und, wie geht es euch?

Alles gut! Keine Sorge. Ben ist schon im Bett, er war sehr müde.

Ja, Berlin ist so laut und so voll. Da ist man schnell müde!

Und wie ist es mit Ben in der WG? Er hat geschrieben, dass er so oft putzen muss. Er findet das blöd.

WIE BITTE?? Das stimmt doch gar nicht! Er ist total faul und putzt nie!

Das kenne ich. 😉 Aber er hat auch Spaß, oder?

Ja klar. Der Ausflug war toll und er sagt, dass die Leute im Workshop echt nett sind. Aber vielleicht gibt es ein Problem …

Was denn?

Ben findet Ivy toll, die kleine Schwester von Luna.

Na und? Warum ist das ein Problem? Du bist manchmal wie deine Oma.

Mama!

Noch etwas anderes: Malte möchte gern kommen. Er vermisst[7] seinen Bruder und will auch nach Berlin fahren. Habt ihr noch Platz für ihn?

Klar!

Sehr schön. Dann wünsche ich euch eine gute Nacht. 🌙

Ich euch auch, Mama. Und grüß bitte Papa von mir.

7 jemanden vermissen: jemand fehlt

7 Neuigkeiten

 Malte
online

 Ben
online

22.06., 10:06

Und? Wie war das WG-Treffen?

Sehr interessant! Zu Hause, bei Mama und Papa, ist alles anders.

Wie sind denn Meyra und Luna?

Also Meyra ist sehr nett. Und Luna oft, oder manchmal ... also meistens. Aber ich muss jetzt alles selbst machen. Einfach alles! Sie sagt, ich soll nach dem Essen die Küche aufräumen. Und ich muss jetzt selbst meine Wäsche[8] waschen. Aber das habe ich ja noch nie gemacht.

Zu Hause macht das immer Mama.

8 die Wäsche: Kleidung, Handtücher etc.

Genau! Ich musste gestern meine T-Shirts waschen, aber nur Luna war zu Hause. Und … na ja … ich habe Luna nicht gefragt und habe meine T-Shirts bei 90 Grad gewaschen.

Und jetzt?

… habe ich keine T-Shirts mehr. Alle mini – zu klein!

Ha ha ha. Oh je, ich möchte nicht mit Luna zusammenwohnen.

Na ja. Sie arbeitet ja im Krankenhaus. Vielleicht möchte sie deshalb, dass alles total sauber ist. 🤢

Und wie ist es mit Ivy?

Ach, sie lacht so süß! Und wir haben viel geredet[9] – es war total nett.

Bist du verliebt? 😍

9 reden = sprechen

So ein Quatsch! Nein, sie ist einfach sehr nett.

Nett bin ich auch! 😊 Und du BIST verliebt.

Ich muss jetzt gehen. Der Gitarren-Workshop beginnt in einer Stunde.

Viel Spaß! Und ich muss zum Fußballtraining. Das nächste Spiel ist ja bald.

8 Essen in Berlin

Malte
online

Ben
online

22.06., 23:05

BEN!! Wir haben gewonnen! Schon wieder!

WOW, herzlichen Glückwunsch! Wie denn?

3:1 – das war echt super! Ich habe das letzte Tor geschossen[10]. ICH!

Ja, wie ist das denn passiert? 😊

Ha ha. Danke! 😊 Wie geht's dir in Berlin?

Sieh mal:

10 ein Tor schießen: das Tor treffen, ein Tor machen

Mann, das sieht gut aus! Wo bist du?

Wo WAR ich!! 😊
Wir waren mit unserem Gitarrenlehrer nach dem Workshop essen. Er ist Österreicher und hat uns in sein Lieblingsrestaurant mitgenommen: Essen aus Österreich. Mmmmhhh … Das hat SOOOO gut geschmeckt!! Und bei euch? Habt ihr auch so etwas Leckeres gegessen?

Nee, wirklich nicht. Heute haben wir Fisch mit Kartoffeln gegessen. Schon wieder!! 😖

Ach, Mamas Essen ist auch gut. Ich vermisse es ein bisschen.

Und wie ist der Workshop?

Er macht echt Spaß und unser Lehrer Luis ist toll! Wir haben schon ein Foto von uns allen gemacht.

9 Frühstück

 Ben
online

 Malte
online

23.06., 15:32

Moin, Malte! Heute Morgen haben Ivy und ich zusammen gefrühstückt. 😊

Sie hat in deinem Zimmer geschlafen?

Natürlich nicht! Sie hat in Lunas Zimmer geschlafen. Das macht sie oft.
Wir haben Croissants mit Marmelade gegessen, Brötchen mit Käse und Eiern, dazu Cappuccino und Saft – alles total lecker. Und wir haben sehr viel gelacht. 😊
Was hast du gegessen?

Jogurt mit Obst, wie immer. Ich muss ja stark bleiben für das nächste Spiel! 😊
Hast du ein Foto von eurem Frühstück gemacht?

Sieht gut aus. Und machst du auch noch andere Sachen, oder isst du nur?

Ha ha. Ich habe gerade Pause im Workshop. Luis hat gesagt, wir machen in zwei Wochen ein Konzert zusammen – als Band. Der Workshop ist dann ja zu Ende.

Wie cool! In eurer Schule?

Nein, sieh mal hier:

In einem Swimming-Pool?

Nein, nein. Nicht IM Pool! Das ist das Badeschiff – ein Pool in der Spree[11]. Man kann hier toll entspannen und schwimmen. Wir waren gestern Abend noch da. Nach dem Baden gibt es abends oft Konzerte. Und DA spielen wir! Wir kommen zuerst und danach spielt eine berühmte[12] Band aus Berlin.

11 die Spree: Fluss in Berlin
12 berühmt: viele Leute kennen sie

Das ist echt toll! Mein Bruder, der Rockstar.

Ha ha ha.
Und Toni? Ist alles OK mit meinem Lieblingshund?

Ja, aber er ist immer noch ein bisschen traurig. Vielleicht können er und ich dich ja bald besuchen.

Gern! Aber ich habe hier viel „Arbeit".

Mit deiner Freundin?

Sie IST nicht meine Freundin. Ich mag sie und ich sehe sie bald wieder. Aber ich bin NICHT verliebt!!!

Der Unterricht beginnt. Ciao und grüß Toni!

Ciao. Und du deine Freundin. 😈

10 Im Mauerpark

 Rebecca
online

 Mama
online

30.06., 13:45

Hallo Mama. Ja, Malte ist gut angekommen.

Zum Glück! Und wie geht es euch?

Gut! Malte und ich fahren jetzt erst einmal nach Hause. Da kann er seine Sachen in die Wohnung stellen und vielleicht kurz etwas essen. Dann fahren wir zu Ben in den Mauerpark. Er ist schon dort, mit Ivy.

Mauerpark? Warum geht ihr nicht in ein Museum? Parks haben wir auch hier – und das Meer.

🙄 Aber der Mauerpark ist kein normaler Park. Bis später, Mama!

 **Malte**
online

 Ben
online

30.06., 13:12

Tadaaa – ich bin da!!

Wie cool!! Wann seid ihr im Mauerpark?

Rebecca sagt, in einer Stunde. Hmmm, aber ein Park ... Ist das nicht ein bisschen langweilig?

Ha! Nicht der Mauerpark! Und heute ist Sonntag! 😊 Da sieht es hier so aus:

Wow, was ist das denn?

Das ist ein Flohmarkt¹³ – na ja, aber Künstler und Designer aus Berlin verkaufen hier auch neue Sachen. Sieh mal:

Ein neues T-Shirt? Das sieht sehr gut aus. Und Ivy? Hat sie eine Lampe gekauft?

Ja, aus den Fünfziger Jahren¹⁴ – für ihre Schwester. Sie liebt alte Sachen. Echt schön, oder?

Berlin … alt und neu – alles zusammen. Wo im Park treffen wir uns gleich?

Sag Rebecca, wir treffen uns am Eingang¹⁵ Bernauer Straße. Da jonglieren im Moment ein paar Leute.

13 der Flohmarkt: Man verkauft und kauft dort alte Sachen, z. B. Möbel oder Kleidung.
14 die Fünfziger Jahre: 1950 –1959
15 der Eingang: eine Tür ist ein Eingang

😊 – Hoffentlich sind sie später auch noch da. Seid ihr schon lange dort?

Nein, wir waren vor zehn Minuten bei der Karaoke. Sieh mal.

Waaaas? So viele Leute singen da?

Die singen nicht alle. Viele schauen nur zu. Aber jeden Sonntag kommt ein Mann mit einer Karaokemaschine und man kann sein Lieblingslied singen. Zwei haben wirklich schon gut gesungen.

Dann sing auch!

Hmmm … ich weiß nicht. Jetzt sind wir ja erst einmal bei den Jongleuren an der Bernauer Straße.

Oh, die Tram[16] kommt. Wir müssen einsteigen, bis gleich!

16 die Tram: sagt man auch zur Straßenbahn

11 Der Streit

Mama
online

Rebecca
online

30.06., 18:45

Einen schönen Sonntagabend euch! Geht ihr später ins Kino oder so?

Hier brennt die Luft![17] 😡
Ich habe jetzt echt andere Probleme!

Was ist denn passiert?

Ähh, sorry …

Rebecca
zuletzt online
heute 18:48

17 hier brennt die Luft: sagt man, wenn es Streit/Probleme gibt

 Ben
online

 Malte
online

30.06., 17:22

Malte!! Du bist so gemein[18], du bist nicht mehr mein Bruder!

Sei nicht so sauer!

18 gemein (sein): *hier* schlecht, böse

Du hast mir Ivy weggenommen. Du hast sie GEKÜSST!!!!

Na und? Du hast ja immer gesagt: „Sie ist nicht meine Freundin."
Und ich mag sie auch sehr gern.

Das ist keine Entschuldigung! Sie mag MICH und hat dich nur geküsst, weil wir gleich aussehen.

Das glaubst du.

Doch. Sie hat gedacht, dass du ich bist!

Du kannst sie fragen.
Ivy kommt gleich noch in die WG.

Ich will sie nicht sehen.

Ben
zuletzt online heute
17:26

12 Der Tag danach

 Ivy
online

 Ben
online

01.07., 15:12

Ben, es tut mir leid!! Ich mag dich so gern, bitte sei nicht böse[19] auf mich! 😭

Und meinen Bruder magst du auch so gern? Ha ha.

Ich kann doch nicht wissen, dass ihr Zwillinge seid! Das hast du mir nicht erzählt, und ihr seht 100 % gleich aus.

Hm.

Und ich habe dich im Park nicht gesehen. Du warst noch bei der Karaoke, und ich habe Malte bei den Lampen getroffen. Aber ich konnte nicht wissen, dass er Malte war und nicht du.

19 auf jdn. böse sein: sauer/wütend sein

Gibt es gar keinen Unterschied zwischen euch?

Doch. Sieh mal:

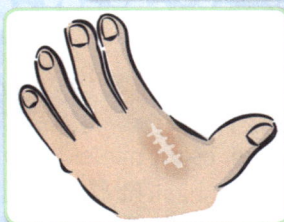

Ich habe diese Narbe an der linken Hand. Da hat Toni mich gebissen. Toni mag Malte lieber als mich. Also ein bisschen.

Und ich mag dich lieber als Malte. Also ein bisschen. 😊

Mama
online

Rebecca
online

01.07., 18:45

Rebecca, was ist los bei euch?

Ach, Ben und Malte haben sich gestritten[20].
Sehr. Wegen Ivy. BEIDE mögen Ivy.

Wie bitte?

Ja … und Ben war sauer und ist erst
einmal weg. Aber ich glaube, er kommt
bald wieder.

Hoffentlich! Du schreibst mir, okay?

Ja klar.

20 (sich) streiten: laut sprechen/diskutieren, wenn man sauer ist

13 Das Gespräch

Malte
online

Ben
online

01.07., 17:56

Hey! Ich glaube, ich sehe dich.

Wo bist du?

Am Kurt-Schumacher-Platz. Hier kann man so toll die Flugzeuge sehen. Bist du in einem Eiscafé?

Ja, aber lass mich in Ruhe[21]!

21 jdn. in Ruhe lassen: nicht kommen, nicht sprechen, nicht stören

Ben, es tut mir wirklich leid! Warum habe ich Ivy geküsst? Sie ist DEINE Freundin! Das war echt blöd von mir.

Genau.

Aber sie ist total süß. So hübsch und klug und lustig.

Natürlich! Habe ich ja gesagt.

Und dann hat sie mich geküsst. Soll ich da sagen: „Nein, ich bin Bens Bruder, lass das!"?

Das sollst du nicht nur sagen, das MUSST du sagen! Du bist mein Bruder.

BIN ich wieder dein Bruder? Ich möchte wieder dein Bruder sein!

Hmmm ... Na gut. Okay.

😊 Weißt du, kein Mädchen ist für mich so wichtig wie mein Bruder.

Für mich auch nicht.
Und jetzt komm! Das Eis ist hier echt lecker.

14 Das Konzert

Familienchat

 Rebecca   **Mama**   **Ben**   **Malte**   **Papa**

06.07., 21:30

 Super!!! Es sieht so schön aus!!
Herzlichen Glückwunsch, Ben!

 Von mir auch!

 Danke.

 Du hast jetzt Zeit und kannst schreiben?
Wo bist du?

 Hinter der Bühne. Pause ist Pause!

 Es ist super. Wir haben hier alle getanzt!
Ivy ist auch da. Ihr seid wirklich gut!

 Danke, danke. Dann hoffen wir, Teil 2 wird
auch gut.

 Könnt ihr vielleicht mal ein Lied schicken?
Dann hören wir hier auch etwas.

40

 Oder möchtest du übermorgen live für uns spielen, Ben? Dann bist du ja wieder zu Hause. Freust du dich?

 Klar, ich spiele gern nochmal alles. Aber Rebecca hat ein gutes Handy. Sie kann das nächste Lied bestimmt aufnehmen²² und euch schicken.

 Mama hat gefragt: Freust du dich? 🙂

 Na ja … ja, klar! Berlin ist super, aber zu Hause ist zu Hause!! Ich freue mich wirklich auf alles.

 Aber?

 Hmmm … ich mag Berlin wirklich sehr! Sehr, sehr!

 Berlin ist wirklich so toll?

 Ja, echt cool!

 SO toll, Mama! Aber unser Meer ist auch schön. 🙂

22 aufnehmen: ■ *hier* Musik im Handy speichern

Also hat der Workshop viel Spaß gemacht?

 Ja, es war wirklich schön und interessant hier!

 Vielleicht möchtet ihr später in Berlin studieren oder eine Ausbildung machen?

 Oh je, unsere Kinder wollen alle weg von uns.

 Nicht weg von euch, Mama. Nach Berlin! Ich kann meine Brüder gut verstehen … 😊

 Wir sprechen später zu Hause.

 Na ja … dann wohnen alle Kinder in Berlin – ist ja auch gut! Dann müssen wir nur in eine Stadt fahren.

 Und Ivy lebt auch hier! 😊

 Das stimmt! 😄

 Die Wochen in Berlin waren also …

 … die besten Wochen in meinem Leben! Oh, noch fünf Minuten.

Okay, du Rockstar! 😊 Viel Glück und schickt mir die Bilder!

 Alles klar, mache ich.

Übungen

Kapitel 1

1 **Was stimmt? Ergänze die Sätze mit den passenden Wörtern.**

> Fußball · Fußballspiel · Freunde · Schwester ·
> Mutter · Brüder · Gitarre · Workshop · Konzert ·
> Ausflug

a) Ben und Malte sind _____.

b) Rebecca ist ihre _____.

c) Die Jungen spielen _____.

d) Ben macht auch Musik und spielt _____.

e) Morgen ist ein _____ zum Kennenlernen.

f) Aber morgen ist auch ein _____.

2 **Richtig oder falsch? Kreuz an.**

	r	f
a) Ben fährt nach Berlin, weil er dort ein Fußballspiel hat.	☐	☐
b) Ben macht in Berlin einen Musikkurs.	☐	☐
c) Ben macht einen Schulausflug nach Berlin.	☐	☐
d) Malte geht morgen in die Schule.	☐	☐

Kapitel 2

3 A   Stadttour. Ergänze die passenden Präpositionen:
auf, in, unter, vor, zwischen.

	D	**A**

a) Rebecca läuft _____
den Bahnsteig.

b) Ben macht ein Foto von Rebecca
_____ dem Fernsehturm.

c) Ben steht _____
dem Brandenburger Tor.

d) Der Bus hält _____
der Uni und der Oper.

e) Rebecca und Ben gehen
_____ das Museum.

3 B   Akkusativ oder Dativ? Kreuz in a) an.

Kapitel 3

4   Wer ist wer? Ergänze die Zusammenfassung.

> alt · älter · Berlin · gut · Mutter · Zwillinge

Ben und Malte sind gleich (a) _____,
denn sie sind (b)_____. Rebecca ist
ihre Schwester. Sie ist (c)_____ und
lebt in (d)_____.
Rebecca schreibt der (e) _____, dass es
Ben (f)_____ geht.

5 **Wie war die Geschichte? Finde in dem Chaos Sätze. Markier die Wörter.**

a) Ben DZ**IST**ZFZGUTGUINHUBERLINBHANGEKOMMEN.

b) Rebecca ZUUNDVZBENVZHABENVTZCOCKTAILSVZC OHNEPRSSALKOHLKATINAGETRUNKEN.

c) Ben ZBWOHNTVZBEIVTZCSEINERVGSCHWESTERBV.

d) Rebecca HZUSOLLVUAUFZABENUVAUFPASSEN.

Kapitel 4

6 **Wer macht was? Ergänze die Namen.**

Ben Malte Daniel

a) _____ sagt, dass er beim Fußball war.

b) _____ hat zu Hause als Torwart gespielt.

c) _____ ist jetzt der neue Torwart.

d) Das findet _____ nicht so gut. Hat er ein Problem?

7 **Die Personen in der WG. Was weißt du? Ergänze die Tabelle.**

Name	Alter	Beruf/ Studium	extra
Rebecca	/		Sie will, dass ihr Bruder kocht und putzt.
Meyra	20 Jahre		
Luna			
Ivy			

Kapitel 5

8 **Ivy. Welche Wörter passen? Ergänze den Steckbrief.**

> Clara · kurz · lang · Luna · Rebecca · Schülerin ·
> Studentin · Yvonne

> ### *Ivy*
> Ihr Vorname ist (a) _____.
> Sie ist die Schwester von (b) _____.
> Sie ist noch (c) _____.
> Ihr Haar ist (d) _____.

9 **Was weißt du über Toni? Korrigier den Text.**
Toni ist ~~die Katze~~ *der Hund* von Ben und Malte. Toni ist bei <u>Ben</u>.
Im Moment geht es Toni nicht so gut, weil sein Freund <u>in
München</u> ist. Ben fragt seinen Bruder: „<u>Isst</u> Toni genug?"
Malte schreibt, dass es Toni <u>leider nicht gut</u> geht.

Kapitel 6

10 **Rebecca und ihre Mutter. Wer sagt was?**
Verbinde die Sprechblasen mit der richtigen Person.

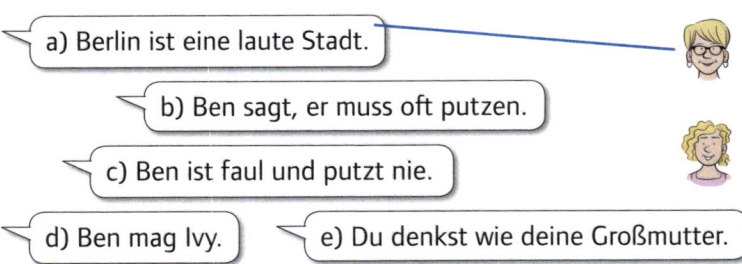

a) Berlin ist eine laute Stadt.

b) Ben sagt, er muss oft putzen.

c) Ben ist faul und putzt nie.

d) Ben mag Ivy.

e) Du denkst wie deine Großmutter.

Kapitel 7

11 **Waschtag. Welche Zusammenfassung ist richtig:**
A oder B? Kreuz an.

A ☐ Ben hat gestern seine T-Shirts gewaschen. Zu
Hause macht das immer seine Mutter. Also hatte er
keine Ahnung: Wie warm soll das Wasser sein? Aber er
wollte Luna nicht fragen. Er hat auf „90° C" gedrückt.
Das ist sehr heiß. Manche Sachen werden kleiner, wenn
man sie zu heiß wäscht. Jetzt sind Bens T-Shirts alle viel
zu klein und er kann sie nicht mehr anziehen.

B ☐ Ben hat gestern seine T-Shirts gewaschen, das
macht er oft. Luna war auch da. Sie arbeitet im Krankenhaus, dort muss alles ganz sauber sein. Sie wäscht ihre
Kleidung immer sehr heiß. Ben hat es so gemacht wie
Luna und auf „90° C" gedrückt. Jetzt sind seine T-Shirts
viel zu klein.

12 **Kleidung. Hier sind sechs Kleidungsstücke versteckt.**
Markier sie und schreib das Wort mit Artikel und
Pluralform.

D	A	M	J	T	D	A
H	O	S	E	P	O	L
K	J	J	A	S	H	K
O	M	A	N	T	E	L
D	C	C	S	E	M	E
A	K	K	E	I	D	i
N	E	E	S	F	E	D

a) *die Hose, -n*
b) _____
c) _____
d) _____
e) _____
f) _____

Kapitel 8

13 **Deutsche und österreichische Küche. Was braucht man? Ordne die Lebensmittel zu. Manchmal passen beide Gerichte.**

a) Butter ☐1☐ ☐   b) Eier ☐ ☐
c) Fisch ☐ ☐   d) Kartoffeln ☐ ☐
e) Milch ☐ ☐   f) Mehl ☐ ☐
g) Salz ☐ ☐   h) Zucker ☐ ☐

Kaiserschmarrn

Hering mit Kartoffeln

14 **Sieh dir die Webseite von der Musikschule an und ergänze die Informationen zu Luis.**

www.klangwelten-berlin.de

| Home | Kurse | Preise | Unser Team |

Ich heiße Luis Kiesbauer.
Von Beruf bin ich (a) _____.
Ich gebe Stunden für Klavier und
(b) _____.
Ich komme aus (c) _____, aber
jetzt arbeite ich in (d) _____.

Kapitel 9

15 **Das Frühstück. Schreib die Wörter mit Artikel und Plural.**

a) *das Croissant, –s*

b) _____

c) _____

d) _____

e) _____

f) _____

g) _____

h) _____

i) _____

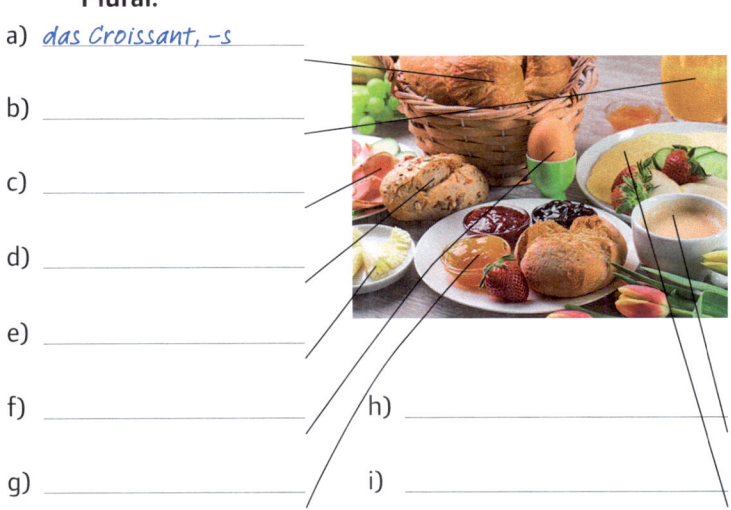

16 **Wörternetze. Ordne die Wörter zu.**

der Pool · (Gitarre) spielen · schwimmen · entspannen · die Band · baden · der Unterricht · die Pause

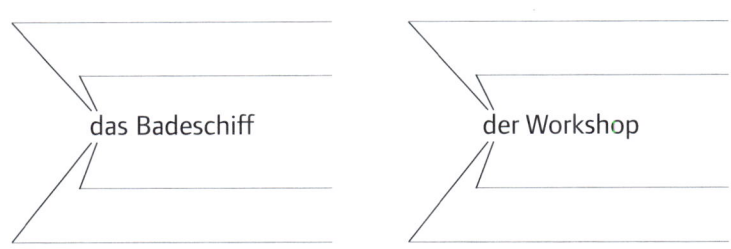

das Badeschiff

der Workshop

Kapitel 10

17 A Buchstabensalat. Finde die Wörter aus dem Text und schreib sie auf.

auMkprera	lhmFortka	inerDseg	üKntlsre
a) _____	b) _____	c) _____	d) _____

aKoekar	bieLidlensgdi	gnaEnig	onjieglner
e) _____	f) _____	g) _____	h) _____

17 B Ein Tag im Mauerpark. Lies den Text aus dem Reiseführer und ergänze die Wörter aus 18 A.

Ein perfekter Sonntag

Sie haben gut gefrühstückt, vielleicht in einem Berliner Cafe? Und jetzt?

Unser Vorschlag: Gehen Sie doch in den (a) _____. In diesem Park gibt es jeden Sonntag einen großen (b) _____. Man kann hier natürlich alte Sachen kaufen, aber viele Berliner (c) _____ verkaufen auch neue Kleidung. Nach dem Shoppen können Sie entspannen und Musik hören, denn es kommen viele (d) _____ und Musiker in den Park. Sie singen auch sehr gern? Kein Problem! Am Nachmittag gibt es ein (e) _____. Da können Sie Ihr (f) _____ singen. Und direkt neben dem (g) _____ sieht man jeden Sonntag Leute (h) _____. Besonders die Kinder finden die bunten Bälle toll!

Kapitel 11

18 **Was ist richtig: 1 oder 2? Kreuz an.**

a) Die Mutter wünscht   1 Sonntagabend.
    Rebecca einen schönen   2 Film im Kino.

b) Aber Rebecca hat   1 keine Zeit.
                       2 Probleme mit ihren
                           Brüdern.

c) Denn Ben und   1 kein Geld mehr.
    Malte haben   2 einen Streit.

d) Ben ist sauer, weil   1 Malte nicht mehr sein
                          Bruder sein will.
                          2 Malte Ivy geküsst hat.

e) Ivy hat geglaubt, dass   1 Malte Ben ist.
                             2 Ben Malte ist.

Kapitel 12

19 **Was ist passiert? Rebecca schreibt Ihrem Freund
eine Nachricht. Schreib die Nachricht. Benutze auch
und, aber, denn.**

> Ben und Malte / Zwillinge sein · gleich aussehen ·
> Ben Ivy nicht erzählen · Malte zu Besuch nach Berlin
> kommen · seinen Bruder im Mauerpark treffen wollen ·
> Ivy im Park · Ben nicht finden. · Malte da sein ·
> Ivy Malte küssen · Ivy nicht wissen; nicht Ben sein ·
> zu gleich aussehen · Ben sehr sauer

Lieber Arno,
heute hatte ich ein Problem: Meine Brüder

Kapitel 13

20   **Das Gespräch. Zu wem passen die Sätze? Malte oder
Ben? Lies das Kapitel und ordne die Sätze zu.**

a) ~~Ich möchte dich jetzt nicht sehen!~~

b) Es war ein Fehler von mir.

c) Ja, das war echt blöd!

d) Sie hat mich zuerst geküsst.

e) Seinem Bruder die Freundin wegnehmen –
das macht man nicht!

f) Ivy ist echt ein tolles Mädchen.

g) Es tut mir sehr, sehr leid.

h) Ja, du bist wieder mein Bruder.

i) Du bist für mich wichtiger als alle Mädchen.

j) Komm auch ins Eiscafé!

Malte		Ben	
		a,	

Kapitel 14

21   **Ergänze die Sätze. Der Text hilft.**

a) Bitte schickt uns _ _ _ _ _ _ in den Familienchat.

b) Das Konzert _ _ _ _ _ _ _ jetzt!

c) Ich bin jetzt _ _ _ _ _ _ der _ _ _ _ _ , es ist Pause.

d) *ü* _ _ _ _ _ _ _ _ _ bist du wieder _ _ _ _ _ _ _ , Ben.
Freust du dich?

e) Rebecca kann das _ _ _ _ _ _ _ Lied _ _ _ _ _ _ _ _ _ _.

Lösungen

Kapitel 1
Ü1 a) Brüder   b) Schwester   c) Fußball
    d) Gitarre   e) Ausflug   f) Fußballspiel
Ü2 a) f   b) r   c) f   d) r

Kapitel 2
Ü3 A   a) auf   b) vor   c) unter   d) zwischen   e) in
Ü3 B   a) A   b) D   c) D   d) D   e) A

Kapitel 3
Ü4 a) alt   b) Zwillinge   c) älter
    d) Berlin   e) Mutter   f) gut
Ü5 a) Ben ist gut in Berlin angekommen.
    b) Rebecca und Ben haben Cocktails ohne Alkohol getrunken.
    c) Ben wohnt bei seiner Schwester.
    d) Rebecca soll auf Ben aufpassen.

Kapitel 4
Ü6 a) Malte   b) Ben   c) Daniel   d) Ben
Ü7

Name	Alter	Beruf/Studium	extra
Rebecca	/	studiert Architektur	Sie will, dass ihr Bruder kocht und putzt.
Meyra	20 Jahre	studiert Architektur	
Luna	21 Jahre	arbeitet im Krankenhaus	hat eine kleine Schwester: Ivy
Ivy	15 Jahre	Schülerin	hat oft Probleme mit Eltern, ist sehr süß

Kapitel 5
Ü8 a) Yvonne   b) Luna   c) Schülerin   d) lang
Ü9 […] Toni ist bei *Malte*. Im Moment geht es Toni nicht so gut,
    weil sein Freund *in Berlin* ist. Ben fragt seinen Bruder: „*Frisst* Toni
    genug?" Malte schreibt, dass es Toni *schon besser* geht.

Kapitel 6

Ü 10 b) Mama   c) Rebecca   d) Rebecca   e) Mama

Kapitel 7

Ü 11 A

Ü 12 b) der Mantel, "-   c) die Jacke, -n   d) die Jeans *(Pl.)*
e) das Hemd, -en   f) das Kleid, -er

Kapitel 8

Ü 13 b) 1   c) 2   d) 2   e) 1   f) 1   g) 1+2   h) 1

Ü 14 a) Musiklehrer   b) Gitarre   c) Österreich   d) Berlin

Kapitel 9

Ü 15 b) der Saft, "-e   c) der Schinken, -   d) das Brötchen, -
e) die Butter (nur Sg.)   f) das Ei, -er   g) die Marmelade, -n
h) der Cappuccino (Sg.)   i) der Käse, -

Ü 16 das Badeschiff: der Pool, schwimmen, entspannen, baden
der Workshop: Gitarre spielen, die Band, der Unterricht, die Pause

Kapitel 10

Ü 17 A+B
a) Mauerpark   b) Flohmarkt   c) Designer   d) Künstler
e) Karaoke   f) Lieblingslied   g) Eingang   h) jonglieren

Kapitel 11

Ü 18 a) 1   b) 2   c) 2   d) 2   e) 1

Kapitel 12

Ü 19 Ben und Malte sind Zwillinge und sehen gleich aus. Ben hat Ivy nicht
erzählt, dass Malte zu Besuch nach Berlin kommt und er seinen
Bruder im Mauerpark treffen will. Ivy war im Park und hat Ben nicht
gefunden, aber Malte war da. Ivy hat Malte geküsst, denn sie hat
nicht gewusst, dass er nicht Ben war. Sie sehen zu gleich aus. Jetzt
ist Ben sehr sauer!

Kapitel 13

Ü 20 Malte: b, d, f, g, i   Ben: a, c, e, h, j

Kapitel 14

Ü 21 a) Bilder   b) beginnt   c) hinter – Bühne
d) Übermorgen – zu Hause   e) nächste – aufnehmen

Meine neuen Wörter

Deutsch	meine Sprache

Abbildungen:
Cover: *(Fernsehturm)* stock.adobe.com/andersphoto; *(Brandenburger Tor)* stock.
adobe.com/Patryk Kosmider/Patryk; *(Junge auf Fahrrad)* Shutterstock.com/
WAYHOME studio;

Illustrationen/Karten:
Raimo Bergt: S. 7, S. 8, S. 9, S. 10, S. 11, S. 12, S. 13, S. 16, S. 18, S. 19, S. 21, S. 22, S. 23, S. 26,
S. 27, S. 28, S. 29, S. 30, S. 31, S. 32, S. 33, S. 34, S. 35, S. 36, S. 38, S. 39, S. 40, S. 41, S. 42, S. 44,
S. 46, S. 52; **Volkhard Binder:** S. 4 (Karte)

Fotografien:
S. 4 – 41 *(bereits vorhandene Emojis)* Shutterstock.com/Marish; Shutterstock.com/
KittyVector; **S. 6** Shutterstock.com/Lorelyn Medina; **S. 7** *(Fernsehturm)* stock.
adobe.com/DOC RABE Media/DOC; *(Brandenburger Tor)* stock.adobe.com/Patryk
Kosmider/Patryk; **S. 8** *(Flasche)* Shutterstock.com/Gruffi; **S. 12** *(Küche)* stock.adobe.
com/Christian Hillebrand/Christian; **S. 14** Shutterstock.com/leungchopan; **S. 15**
Shutterstock.com/AJR_photo; **S. 17** Shutterstock.com/Monkik; **S. 20** Shutterstock.
com/4 PM production; **S. 21** *(Wiese)* Shutterstock.com/MAEWJPHO; *(Kaiserschmarrn)*
stock.adobe.com/Daniel Etzold/Daniel; **S. 23** *(Frühstück)* stock.adobe.com/Sabine
Dietrich/Floydine; **S. 24** mauritius images/symbolpics; **S. 27** *(Berlin Hbf.)* Shutterstock.
com/hanohiki; *(Flohmarkt)* stock.adobe.com/Fiedels; **S. 28** *(Jongleur)* stock.adobe.
com/Yakov; **S. 42** *(Spree)* stock.adobe.com/Katja Xenikis/Katja; **S. 48** *(1)* stock.adobe.
com/Daniel Etzold/Daniel; *(2)* Shutterstock.com/YARUNIV Studio; *(Portraitfoto)*
Shutterstock.com/Cookie Studio; **S. 49** stock.adobe.com/Sabine Dietrich/Floydine

Hörtext:

Sprecher/innen:	Denis Abrahams (Ansagen und Vater), Melissa Jung (Rebecca und Ivy), Kim Pfeiffer (Mama), Leonard Pfeiffer (Malte), Benjamin Plath (Ben)
Regie und Aufnahmeleitung:	Susanne Kreutzer
Tontechnik:	Gislinde Böhringer, Pascal Thinius
Studio:	Clarity Studio Berlin